8.8 RL
3pts

DISCARD

THOMAS HOBBES
El Estado

FONDO 2000
Cultura para todos

FONDO DE CULTURA ECONÓMICA
MÉXICO

Fragmento de
*Leviatán o la materia, forma y poder
de una república eclesiástica y civil*

Primera edición, 1997
Primera reimpresión, 1999

D. R. © 1997, Fondo de Cultura Económica
Carretera Picacho-Ajusco, 227; 14200 México, D. F.

ISBN 968-16-5310-6

Impreso en México

THOMAS HOBBES *nació en Westport, Inglaterra, en 1588 y murió el 4 de septiembre de 1679. En palabras de Manuel Sánchez Sarto, "Hobbes es uno de esos singularísimos pensadores ingleses (tan peculiar en el campo de la filosofía como Shelley lo fue en el arte poético) que desafían cualquier tentativa de interpretación en términos de características nacionales, o en los de cualquier escuela o moda del pensamiento. Aparte de su alcance en la evolución científica, la importancia de tales hombres radica en que hablan un lenguaje universal, sin medida de tiempo ni de espacio".*

FONDO 2000 *presenta aquí una selección del célebre libro* Leviatán o la materia, forma y poder de una república eclesiástica y civil, *en donde Hobbes realiza una penetrante y feroz crítica de la Iglesia y su política, además de manifestar su reprobación por los abusos de la corte de Inglaterra. Sobra mencionar los múltiples problemas que Hobbes debió enfrentar por haber proclamado la necesidad* *de fundar un nuevo Estado, que debería ser racionalista y laico; un modelo que se convirtiera en territorio fértil para las luces de la razón y los avances de la ciencia, y sustituyera de lleno al Estado antiguo, reino de tinieblas y de supersticiones.*

En Leviatán, *nombre bíblico con el que se refiere al Estado, Hobbes explayó lo que es ya lugar común al referir su biografía: que fue un utilitarista en lo referente a la moral, un materialista en filosofía y afiliado al despotismo en materia de política.*

En realidad, aparte de que tuvo la genial idea de ejemplificar al Estado como un monumental monstruo bíblico —formado por todos los seres humanos, y que además nace de la razón humana— y describió los motivos de su ocaso, así como los resortes de las guerras civiles que lo pueden aquejar y llevar a la destrucción, Hobbes fue un notable intelectual cuya formación se fundamentó, de acuerdo con Leo Strauss, en "savia humanista, arquitectura escolástica, moral puritana y savoir faire *aristocrático". Tales ingredientes intelectuales le permitieron conocer a Galileo en Florencia, en 1636, y relacionarse con Descartes en el París de la primera mitad del siglo XVII.*

En estas páginas el lector confirmará la vigencia de un clásico texto de filosofía política que describe los orígenes del Estado, los derechos de los soberanos y las instituciones, los diversos tipos de gobierno, los dominios paternalistas y el poder despótico, la libertad de los individuos y las funciones de los ministros dentro del gobierno.

De las causas, generación y definición de un Estado

La causa final, fin o designio de los hombres (que naturalmente aman la libertad y el dominio sobre los demás) al introducir esta restricción sobre sí mismos (en la que los vemos vivir formando Estados) es el cuidado de su propia conservación y, por añadidura, el logro de una vida más armónica, es decir, el deseo de abandonar esa miserable condición de guerra que, tal como hemos manifestado, es consecuencia necesaria de las pasiones naturales de los hombres, cuando no existe poder visible que los tenga a raya y los sujete, por temor al castigo, a la realización de sus pactos y a la observancia de las leyes de naturaleza establecidas en los capítulos XIV y XV.

Las leyes de naturaleza (tales como las de *justicia, equidad, modestia, piedad* y, en suma, la de *haz a otros lo que quieras que otros hagan para ti*) son, por sí mismas, cuando no existe el temor a un determinado poder que motive su observancia, contrarias a nuestras pasiones naturales, las cuales nos inducen a la parcialidad, al orgullo, a la venganza y a cosas semejantes. Los pactos que no descansan en la espada no son más que palabras, sin fuerza para proteger al hombre, en modo alguno. Por consiguiente, a pesar de las leyes de naturaleza (que cada uno observa cuando tiene la voluntad de observarlas, cuando puede hacerlo de modo seguro) si no se ha instituido un poder o no es suficientemente grande para nuestra seguridad, cada uno fiará tan sólo, y podrá hacerlo legalmente, sobre su propia fuerza y maña, para protegerse contra los demás hombres. En todos los lugares en que los hombres han vivido en pequeñas familias, robarse y expoliarse unos a otros ha sido un comercio, y lejos de ser reputado contra la ley de naturaleza, cuanto mayor era el botín obtenido, tanto mayor era el honor. Entonces los hombres no observaban otras leyes que las leyes del honor, que consistían en abstenerse de la crueldad, dejando a los hombres sus vidas e instrumentos de labor. Y así como entonces lo hacían las familias pequeñas, así ahora las ciudades y reinos, que no son sino familias más grandes, ensanchan sus dominios para su propia seguridad, y bajo el pretexto de peligro y temor de invasión, o de la asistencia que puede prestarse a los invasores, justamente se esfuerzan cuanto pueden para someter o debilitar a sus vecinos, mediante la fuerza ostensible y las artes secretas, a falta de otra garantía; y en edades posteriores se recuerdan con honor tales hechos.

No es la conjunción de un pequeño número de hombres lo que da a los Estados esa seguridad, porque cuando se trata de reducidos números, las pequeñas adiciones de una parte o de otra, hacen tan grande la ventaja de la fuerza que son suficientes para acarrear la victoria, y esto da aliento a la invasión. La multitud suficiente para confiar en ella a los efectos de nuestra seguridad no está determinada por un cierto número, sino por comparación con el enemigo que tememos, y es suficiente cuando la superioridad del enemigo no es de una naturaleza tan visible y manifiesta que le determine a intentar el acontecimiento de la guerra.

Y aunque haya una gran multitud, si sus acuerdos están dirigidos según sus particulares juicios y particulares apetitos, no puede esperarse de ello defensa ni protección contra un enemigo común ni contra las mutuas ofensas. Porque discrepando las opiniones concernientes al mejor uso y aplicación de su fuerza, los individuos componentes de esa multitud no se ayudan, sino que se obstaculizan mutuamente, y por esa oposición mutua reducen su fuerza a la nada; como consecuencia, fácilmente son sometidos por unos pocos que están en perfecto acuerdo, sin contar con que de otra parte, cuando no existe un enemigo común, se hacen guerra unos a otros, movidos por sus particulares intereses. Si pudiéramos imaginar una gran multitud de individuos, concordes en la observancia de la justicia y de otras leyes de naturaleza, pero sin un poder común para mantenerlos a raya, podríamos suponer igualmente que todo el género humano hiciera lo mismo, y entonces no existiría ni sería preciso que existiera ningún gobierno civil o Estado, en absoluto, porque la paz existiría sin sujeción alguna.

Tampoco es suficiente para la seguridad que los hombres desearían ver establecida durante su vida entera, que estén gobernados y dirigidos por un solo criterio, durante un tiempo limitado, como en una batalla o en una guerra. En efecto, aunque obtengan una victoria por su unánime esfuerzo contra un enemigo exterior, después, cuando ya no tienen un enemigo común, o quien para unos aparece como enemigo, otros lo consideran como amigo, necesariamente se disgregan por la diferencia de sus intereses, y nuevamente decaen en situación de guerra.

Es cierto que determinadas criaturas vivas, como las abejas y las hormigas, viven en forma sociable una con otra (por cuya razón *Aristóteles* las enumera entre las criaturas políticas) y no tienen otra dirección que sus particulares juicios y apetitos, ni poseen el uso de la palabra mediante la cual una puede significar a otra lo que considera adecuado para el beneficio común: por ello, algunos desean inquirir por qué la humanidad no puede hacer lo mismo. A lo cual contesto:

Primero, que los hombres están en continua pugna de honores y dignidad y las mencionadas criaturas no, y a ello se debe que entre los hombres surjan por esta razón, la envidia y el odio, y finalmente la guerra, mientras que entre aquellas criaturas no ocurre eso.

Segundo, que entre esas criaturas, el bien común no difiere del individual, y aunque por naturaleza propenden a su beneficio privado, procuran, a la vez, por el beneficio común. En cambio, el hombre, cuyo goce consiste en compararse a sí mismo con los demás hombres, no puede disfrutar otra cosa sino lo que es eminente.

Tercero, que no teniendo estas criaturas, a diferencia del hombre, uso de razón, no ven, ni piensan que ven ninguna falta en la administración de su negocio común; en cambio, entre los hombres, hay muchos que se imaginan a sí mismos más sabios y capaces para gobernar la cosa pública, que el resto; dichas personas se afanan por reformar e innovar, una de esta manera, otra de aquélla, con lo cual acarrean perturbación y guerra civil.

Cuarto, que aun cuando estas criaturas tienen voz, en cierto modo, para darse a entender unas a otras sus sentimientos, necesitan este género de palabras por medio de las cuales los hombres pueden manifestar a otros lo que es Dios, en comparación con el demonio, y lo que es el demonio en comparación con Dios, y aumentar o disminuir la grandeza aparente de Dios y del demonio, sembrando el descontento entre los hombres, y turbando su tranquilidad caprichosamente.

Quinto, que las criaturas irracionales no pueden

distinguir entre *injuria* y *daño*, y, por consiguiente, mientras están a gusto, no son ofendidas por sus semejantes. En cambio el hombre se encuentra más conturbado cuando más complicado está porque es entonces cuando le agrada mostrar su sabiduría y controlar las acciones de quien gobierna el Estado.

Por último, la buena inteligencia de esas criaturas es natural; la de los hombres lo es solamente por pacto, es decir, de modo artificial. No es extraño, por consiguiente, que (aparte del pacto) se requiera algo más que haga su convenio constante y obligatorio; ese algo es un poder común que los mantenga a raya y dirija sus acciones hacia el beneficio colectivo.

El único camino para erigir semejante poder común, capaz de defenderlos contra la invasión de los extranjeros y contra las injurias ajenas, asegurándoles de tal suerte que por su propia actividad y por los frutos de la tierra puedan nutrirse a sí mismos y vivir satisfechos, es conferir todo su poder y fortaleza a un hombre o a una asamblea de hombres, todos los cuales, por pluralidad de votos, puedan reducir sus voluntades a una voluntad. Esto equivale a decir: elegir un hombre o una asamblea de hombres que represente su personalidad; y que cada uno considere como propio y se reconozca a sí mismo como autor de cualquier cosa que haga o promueva quien representa su persona, en aquellas cosas que conciernen a la paz y a la seguridad comunes; que, además, sometan sus voluntades cada uno a la voluntad de aquél, y sus juicios a su juicio. Esto es algo más que consentimiento o concordia; es una unidad real de todo ello en una y la misma persona instituida por pacto de cada hombre con los demás, en forma tal como si cada uno dijera a todos: *autorizo y transfiero a este hombre o asamblea de hombres mi derecho de gobernarme a mí mismo, con la condición de que vosotros transferiréis a él vuestro derecho, y autorizaréis todos sus actos de la misma manera.* Hecho esto, la multitud así unida en una persona, se denomina ESTADO, en latín, CIVITAS. Ésta es la generación de aquel gran LEVIATÁN, o más bien (hablando con más reverencia), de aquel *dios mortal,* al cual debemos, bajo el *Dios inmortal,* nuestra paz y nuestra defensa. Porque en virtud de esta autoridad que se le confiere por cada hombre particular en el Estado, posee y utiliza tanto poder y fortaleza, que por el terror que inspira es capaz de conformar las voluntades de todos ellos para la paz, en su propio país, y para la mutua ayuda contra sus enemigos, en el extranjero. Y en ello consiste la esencia del Estado, que podemos definir así: *una persona de cuyos actos una gran multitud, por pactos mutuos, realizados entre sí, ha sido instituida por cada uno como autor, al objeto de que pueda utilizar la fortaleza y medios de todos, como lo juzgue oportuno, para asegurar la paz y defensa común.* El titular de esta persona se denomina SOBERANO, y se dice que tiene *poder soberano;* cada uno de los que le rodean es SÚBDITO suyo.

Se alcanza este poder soberano por dos conductos. Uno por la fuerza natural, como cuando un hombre hace que sus hijos y los hijos de sus hijos le estén sometidos, siendo capaz de destruirlos si se niegan a ello; o que por actos de guerra somete sus enemigos a su voluntad, concediéndoles la vida a cambio de esa sumisión. Ocurre el otro procedimiento cuando los hombres se ponen de acuerdo entre sí, para someterse a algún hombre o asamblea de hombres voluntariamente, en la confianza de ser protegidos por ellos contra todos los demás. En este último caso puede hablarse de Estado político, o Estado por *institución,* y en el primero de Estado por *adquisición*. En primer término voy a referirme al Estado por institución.

De los derechos de los soberanos por institución

Dícese que un *Estado* ha sido *instituido* cuando una multitud de hombres convienen y pactan, *cada uno con cada uno*, que a un cierto *hombre* o *asamblea de hombres* se le otorgará, por mayoría, el *derecho* de *representar* a la persona de todos (es decir, de ser su *representante*). Cada uno de ellos, tanto los que han *votado en pro* como los que han *votado en contra*, debe *autorizar* todas las acciones y juicios de ese hombre o asamblea de hombres, lo mismo que si fueran suyos propios, al objeto de vivir apaciblemente entre sí y ser protegidos contra otros hombres.

De esta institución de un Estado derivan todos los *derechos* y *facultades* de aquel o de aquellos a quienes se confiere el poder soberano por el consentimiento del pueblo reunido.

En primer lugar, puesto que pactan, debe comprenderse que no están obligados por un pacto anterior a alguna cosa que contradiga la presente. En consecuencia, quienes acaban de instituir un Estado y quedan, por ello, obligados por el pacto, a considerar como propias las acciones y juicios de uno, no pueden legalmente hacer un pacto nuevo entre sí para obedecer a cualquier otro, en una cosa cualquiera, sin su permiso. En consecuencia, también, quienes son súbditos de un monarca no pueden sin su aquiescencia renunciar a la monarquía y retornar a la confusión de una multitud disgregada; ni transferir su personalidad de quien la sustenta a otro hombre o a otra asamblea de hombres, porque están obligados, cada uno respecto de cada uno, a considerar como propio y ser reputados como autores de todo aquello que pueda hacer y considere adecuado llevar a cabo quien es, a la sazón, su soberano. Así que cuando disiente un hombre cualquiera, todos los restantes deben quebrantar el pacto hecho con ese hombre, lo cual es injusticia; y, además, todos los hombres han dado la soberanía a quien representa su persona, y, por consiguiente, si lo deponen toman de él lo que es suyo propio y cometen nuevamente injusticia. Por otra parte si quien trata de deponer a su soberano resulta muerto o es castigado por él a causa de tal tentativa, puede considerarse como autor de su propio castigo, ya que es, por institución, autor de cuanto su soberano haga. Y como es injusticia para un hombre hacer algo por lo cual pueda ser castigado por su propia autoridad, es también injusto por esa razón. Y cuando algunos hombres, desobedientes a su soberano, pretenden realizar un nuevo pacto no ya con los hombres sino con Dios, esto también es injusto, porque no existe pacto con Dios, sino por mediación de alguien que represente a la persona divina; esto no lo hace sino el representante de Dios que bajo él tiene la soberanía. Pero esta pretensión de pacto con Dios es una falsedad tan evidente, incluso en la propia conciencia de quien la sustenta, que no es sólo un acto de disposición injusta, sino, también, vil e inhumana.

En segundo lugar, como el derecho de representar la persona de todos se otorga a quien todos constituyen en soberano, solamente por pacto de uno a otro, y no del soberano en cada uno de ellos, no puede existir quebrantamiento de pacto por parte del soberano, y en consecuencia ninguno de sus súbditos, fundándose en una infracción, puede ser liberado de su sumisión. Que quien es erigido en soberano no efectúe pacto alguno, por anticipado, con sus súbditos, es manifiesto, porque o bien debe hacerlo con la multitud entera, como parte del pacto, o debe hacer un pacto singular con cada persona. Con el conjunto como parte del pacto, es imposible, porque hasta entonces no constituye una persona; y si efectúa tantos pactos singulares como hombres existen, estos pactos resultan nulos en cuanto adquiere la soberanía, porque cualquier acto que pueda ser presentado por uno de ellos como infracción del pacto, es el acto de sí mismo y de todos los demás, ya que está

15

hecho en la persona y por el derecho de cada uno de ellos en particular. Además, si uno o varios de ellos pretenden quebrantar el pacto hecho por el soberano en su institución, y otros o alguno de sus súbditos, o él mismo solamente, pretenden que no hubo semejante quebrantamiento, no existe, entonces, juez que pueda decidir la controversia; en tal caso la decisión corresponde de nuevo a la espada, y todos los hombres recobran el derecho de protegerse a sí mismos por su propia fuerza, contrariamente al designio que les anima al efectuar la institución. Es, por tanto, improcedente garantizar la soberanía por medio de un pacto precedente. La opinión de que cada monarca recibe su poder del pacto, es decir, de modo condicional, procede de la falta de comprensión de esta verdad obvia, según la cual no siendo los pactos otra cosa que palabras y aliento, no tienen fuerza para obligar, contener, constreñir o proteger a cualquier hombre, sino la que resulta de la fuerza pública; es decir, de la libertad de acción de aquel hombre o asamblea de hombres que ejercen la soberanía, y cuyas acciones son firmemente mantenidas por todos ellos, y sustentadas por la fuerza de cuantos en ella están unidos. Pero cuando se hace soberana a una asamblea de hombres, entonces ningún hombre imagina que semejante pacto haya pasado a la institución. En efecto, ningún hombre es tan necio que afirme, por ejemplo, que el pueblo de *Roma* hizo un pacto con los romanos para sustentar la soberanía con base en tales o cuales condiciones, que al incumplirse permitieran a los romanos deponer legalmente al pueblo romano. Que los hombres no adviertan la razón de que ocurra lo mismo en una monarquía y en un gobierno popular, procede de la ambición de algunos que ven con mayor simpatía el gobierno de una asamblea, en la que tienen esperanzas de participar, que el de una monarquía, de cuyo disfrute desesperan.

En tercer lugar, si la mayoría ha proclamado un soberano mediante votos concordes, quien disiente debe ahora consentir con el resto, es decir, avenirse reconocer todos los actos que realice, o bien exponerse a ser eliminado por el resto. En efecto, si voluntariamente ingresó en la congregación de quienes constituían la asamblea, declaró con ello, de modo suficiente, su voluntad (y por tanto hizo un pacto tácito) de estar a lo que la mayoría de ellos ordenara. Por esta razón si rehúsa mantenerse en esa tesitura, o protesta contra algo de lo decretado, procede de modo contrario al pacto, y por tanto, injustamente. Y tanto si es o no de la congregación, y si consiente o no en ser consultado, debe o bien someterse a los decretos, o ser dejado en la condición de guerra en que antes se encontraba, caso en el cual cualquiera puede eliminarlo sin injusticia.

En cuarto lugar, como cada súbdito es, en virtud de esa institución, autor de todos los actos y juicios del soberano instituido, resulta que cualquier cosa que el soberano haga no puede constituir injuria para ninguno de sus súbditos, ni debe ser acusado de injusticia por ninguno de ellos. En efecto, quien hace una cosa por autorización de otro, no comete injuria alguna contra aquel por cuya autorización actúa. Pero en virtud de la institución de un Estado, cada particular es autor de todo cuanto hace el soberano, y, por consiguiente, quien se queja de injuria por parte del soberano, protesta contra algo de que él mismo es autor, y de lo que en definitiva no debe acusar a nadie sino a sí mismo; ni a sí mismo tampoco, porque hacerse injuria a uno mismo es imposible. Es cierto que quienes tienen poder soberano pueden cometer iniquidad, pero no injusticia o injuria, en la auténtica acepción de estas palabras.

En quinto lugar, y como consecuencia de lo que acabamos de afirmar, ningún hombre que tenga poder soberano puede ser muerto o castigado de otro modo por sus súbditos. En efecto, considerando que cada súbdito es autor de los actos de su soberano, aquél castiga a otro por las acciones cometidas por él mismo.

Como el fin de esta institución es la paz y la defensa de todos, y como quien tiene derecho al fin lo tiene también a los medios, corresponde de derecho a cualquier hombre o asamblea que tiene la soberanía, ser juez, a un mismo tiempo, de los medios de paz y de defensa, y juzgar también acerca de los obstáculos e impedimentos que se oponen a los mismos, así como hacer cualquier cosa que considere necesario, ya sea por anticipado, para conservar la paz y la seguridad, evitando la discordia en el propio país y la hostilidad del extranjero, ya, cuando la paz y la seguridad se han perdido, para la recuperación de la misma.

En sexto lugar, en consecuencia, es inherente a la soberanía el ser juez acerca de qué opiniones y doctrinas son adversas y cuáles conducen a la paz; y por consiguiente, en qué ocasiones, hasta qué punto y respecto de qué puede confiarse en los hombres, cuando hablan a las multitudes, y quién debe examinar las doctrinas de todos los libros antes de ser publicados. Porque los actos de los hombres proceden de sus opiniones, y en el buen gobierno de las opiniones consiste el buen gobierno de los actos humanos respecto a su paz y concordia. Y aunque en materia de doctrina nada debe tenerse en cuenta sino la verdad, nada se opone a la regulación de la misma por vía de paz. Porque la doctrina que está en contradicción con la paz, no puede ser verdadera, como la paz y la concordia no pueden ir contra la ley de naturaleza. Es cierto que en un Estado, donde por la negligencia o la torpeza de los gobernantes y maestros circulan, con carácter general, falsas doctrinas, las verdades contrarias pueden ser generalmente ofensivas. Ni la más repentina y brusca introducción de una nueva verdad que pueda imaginarse, puede nunca quebrantar la paz sino sólo en ocasiones suscitar la guerra. En efecto, quienes se hallan gobernados de modo tan remiso, que se atreven a alzarse en armas para defender o introducir una opinión, se hallan aún en guerra, y su condición no es de paz, sino solamente de cesación de hostilidades por temor mutuo; y viven como si se hallaran continuamente en los preludios de la batalla. Corresponde, por consiguiente, a quien tiene poder soberano, ser juez o instituir todos los jueces de opiniones y doctrinas como una cosa necesaria para la paz, al objeto de prevenir la discordia y la guerra civil.

En séptimo lugar, es inherente a la soberanía el pleno poder de prescribir las normas en virtud de las cuales cada hombre puede saber qué bienes puede disfrutar y qué acciones puede llevar a cabo sin ser molestado por cualquiera de sus conciudadanos. Esto es lo que los hombres llaman *propiedad*. En efecto, antes de instituirse el poder soberano (como ya hemos expresado anteriormente) todos los hombres tienen derecho a todas las cosas, lo cual es necesariamente causa de guerra; y, por consiguiente, siendo esta propiedad necesaria para la paz y dependiente del poder soberano es el acto de este poder para asegurar la paz pública. Esas normas de propiedad (o *meum* y *tuum*) y de lo *bueno* y lo *malo*, de lo *legítimo* e *ilegítimo* en las acciones de los súbditos, son leyes civiles, es decir, leyes de cada Estado particular, aunque el nombre de ley civil esté, ahora, restringido a las antiguas leyes civiles de la ciudad de Roma; ya que siendo ésta la cabeza de una gran parte del mundo, sus leyes en aquella época fueron, en dichas comarcas, la ley civil.

En octavo lugar, es inherente a la soberanía el

derecho de judicatura, es decir, de oír y decidir todas las controversias que puedan surgir respecto a la ley, bien sea civil o natural, con respecto a los hechos. En efecto, sin decisión de las controversias no existe protección para un súbdito contra las injurias de otro; las leyes concernientes a lo *meum* y *tuum* son en vano; y a cada hombre compete, por el apetito natural y necesario de su propia conservación, el derecho de protegerse a sí mismo con su fuerza particular, que es condición de la guerra, contraria al fin para el cual se ha instituido todo Estado.

En noveno lugar, es inherente a la soberanía el derecho de hacer guerra y paz con otras naciones y Estados; es decir, de juzgar cuándo es para el bien público, y qué cantidad de fuerzas deben ser reunidas, armadas y pagadas para ese fin, y cuánto dinero se ha de recaudar de los súbditos para sufragar los gastos consiguientes. Porque el poder mediante el cual tiene que ser defendido el pueblo, consiste en sus ejércitos, y la potencialidad de un ejército radica en la unión de sus fuerzas bajo un mando, mando que a su vez compete al soberano instituido, porque el mando de las *militia* sin otra institución, hace soberano a quien lo detenta. Y, por consiguiente, aunque alguien sea designado general de un ejército, quien tiene el poder soberano es siempre generalísimo.

En décimo lugar, es inherente a la soberanía la elección de todos los consejeros, ministros, magistrados y funcionarios, tanto en la paz como en la guerra. Si, en efecto, el soberano está encargado de realizar el fin que es la paz y defensa común, se comprende que ha de tener poder para usar tales medios, en la forma que él considere son más adecuados para su propósito.

En undécimo lugar, se asigna al soberano el poder de recompensar con riquezas u honores, y de castigar con penas corporales o pecuniarias, o con la ignominia, a cualquier súbdito, de acuerdo con la ley que él previamente estableció; o si no existe ley, de acuerdo con lo que el soberano considera más conducente para estimular los hombres a que sirvan al Estado, o para apartarlos de cualquier acto contrario al mismo.

Por último, considerando qué valores acostumbran los hombres asignarse a sí mismos, qué respeto exigen de los demás, y cuán poco estiman a otros hombres (lo que entre ellos es constante motivo de emulación, querellas, disensiones y, en definitiva, de guerras, hasta destruirse unos a otros o mermar su fuerza frente a un enemigo común) es necesario que existan leyes de honor y un módulo oficial para la capacidad de los hombres que han servido o son aptos para servir bien al Estado, y que exista fuerza en manos de alguien para poner en ejecución esas leyes. Pero siempre se ha evidenciado que no solamente la *militia* entera, o fuerzas del Estado, sino también el fallo de todas las controversias es inherente a la soberanía. Corresponde, por tanto, al soberano dar títulos de honor, y señalar qué preeminencia y dignidad debe corresponder a cada hombre, y qué signos de respeto, en las reuniones públicas o privadas, debe otorgarse cada uno a otro.

Éstos son los derechos que constituyen la esencia de la soberanía, y son los signos por los cuales un hombre puede discernir en qué hombres o asamblea de hombres está situado y reside el poder soberano. Son estos derechos, ciertamente, incomunicables e inseparables. El poder de acuñar moneda; de disponer del patrimonio y de las personas de los infantes herederos; de tener opción de compra en los mercados, y todas las demás prerrogativas estatutarias, pueden ser transferidas por el soberano, y quedar, no obstante, retenido el poder de proteger a sus súbditos. Pero si el soberano transfiere la *militia*, será en vano que retenga la capacidad de juzgar, porque no podrá ejecutar sus leyes; o si se desprende del poder de acuñar moneda, la *militia* es inútil; o si cede el gobierno de las doctrinas, los hombres se rebelarán contra el temor de los espíritus. Así, si consideramos cualesquiera de los mencionados derechos, veremos al presente que la conservación del resto no producirá efecto en la conservación de la paz y de la justicia, bien para el cual se instituyen todos los Estados. A esta división se alude cuando se dice que *un reino intrínsecamente dividido no puede subsistir*. Porque si antes no se produce esta división, nunca puede sobrevenir la división en ejércitos contrapuestos. Si no hubiese existido primero una opinión, admitida por la mayor parte de *Inglaterra*, de que estos poderes estaban divididos entre el rey, y los Lores y la Cámara de los Comunes, el pueblo nunca hubiera estado dividido, ni hubiese sobrevenido esta guerra civil, primero entre los que discrepaban en política, y después entre quienes disentían acerca de la libertad en materia de religión; y ello ha instruido a los hombres de tal modo, en este punto de derecho soberano, que pocos hay, en *Inglaterra,* que no adviertan cómo estos derechos son inseparables, y como tales serán reconocidos generalmente cuando muy pronto retorne la paz; y así continuarán hasta que sus miserias sean olvidadas y sólo el vulgo considerará mejor que así haya ocurrido.

Siendo derechos esenciales e inseparables, necesariamente se sigue que cualquiera que sea la forma en que alguno de ellos haya sido cedido, si el mismo poder soberano no los ha otorgado en términos directos, y el nombre del soberano no ha sido manifestado por los cedentes al cesionario, la cesión es nula: porque aunque el soberano haya cedido todo lo posible si mantiene la soberanía, todo queda restaurado e inseparablemente unido a ella.

Siendo indivisible esta gran autoridad y yendo inseparablemente aneja a la soberanía, existe poca razón para la opinión de quienes dicen que aunque los reyes soberanos sean *singulis majores,* o sea de mayor poder que cualquiera de sus súbditos, son *universis minores,* es decir, de menor poder que todos ellos juntos. Porque si con *todos juntos* no significan el cuerpo colectivo como una persona, entonces *todos juntos* y *cada uno* significan lo mismo, y la expresión es absurda. Pero si por *todos juntos* comprenden una persona (asumida por el soberano), entonces el poder de todos juntos coincide con el poder del soberano, y nuevamente la expresión es absurda. Este absurdo lo ven con claridad suficiente cuando la soberanía corresponde a una asamblea del pueblo; pero en un monarca no lo ven, y, sin embargo, el poder de la soberanía es el mismo, en cualquier lugar en que esté colocado.

Como el poder, también el honor del soberano debe ser mayor que el de cualquiera o el de todos sus súbditos: porque en la soberanía está la fuente de todo honor. Las dignidades de lord, conde, duque y príncipe son creaciones suyas. Y como en presencia del dueño todos los sirvientes son iguales y sin honor alguno, así son también los súbditos en presencia del soberano. Y aunque cuando no están en su presencia, parecen unos más y otros menos, delante de él no son sino como las estrellas en presencia del sol.

Puede objetarse aquí que la condición de los súbditos es muy miserable, puesto que están sujetos a los caprichos y otras irregulares pasiones de aquel o aquellos cuyas manos tienen tan ilimitado poder. Por lo común quienes viven sometidos a un monarca piensan que es, éste, un defecto de la monarquía, y los que viven bajo un gobierno democrático o de otra asamblea soberana, atribuyen todos los inconvenientes a esa forma de gobierno. En realidad, el poder, en todas sus formas, si es bastante perfecto para protegerlos, es el mismo. Considérese que la condición del hombre nunca puede verse libre de una u otra incomodidad, y que lo más grande que en cualquier forma de gobierno puede suceder, posiblemente, al pueblo en general, apenas es sensible si se compara con las miserias y horribles calamidades que acompañan a una guerra civil, o a esa disoluta condición de los hombres desenfrenados, sin sujeción a leyes y a un poder coercitivo que trabe sus manos, apartándoles de la rapiña y de la venganza. Considérese que la mayor construcción de los gobernantes soberanos no procede del deleite o del derecho que pueden esperar del daño o de la debilitación de sus súbditos, en cuyo vigor consiste su propia gloria y fortaleza, sino en su obstinación misma, que contribuyendo involuntariamente a la propia defensa hace necesario para los gobernantes obtener de sus súbditos cuanto les es posible en tiempo de paz, para que puedan tener medios, en cualquier ocasión emergente o en necesidades repentinas, para resistir o adquirir ventaja con respecto a sus enemigos. Todos los hombres están por naturaleza provistos de notables lentes de aumento (a saber, sus pasiones y su egoísmo) vista a través de los cuales cualquier pequeña contribución aparece como un gran agravio; están, en cambio, desprovistos de aquellos otros lentes prospectivos (a saber, la moral y la ciencia civil) para ver las miserias que penden sobre ellos y que no pueden ser evitadas sin tales aportaciones.

De las diversas especies de gobierno por institución, y de la sucesión en el poder soberano

***L**a diferencia* de gobiernos consiste en la diferencia del soberano o de la persona representativa de todos y cada uno en la multitud. Ahora bien, como la soberanía reside en un hombre o en la asamblea de más de uno, y como en esta asamblea puede ocurrir que todos tengan derecho a formar parte de ella, o no todos sino algunos hombres distinguidos de los demás, es manifiesto que pueden existir tres clases de gobierno. Porque el representante debe ser por necesidad o una persona o varias: en este último caso o es la asamblea de todos o la de sólo una parte. Cuando el representante es un hombre, entonces el gobierno es una MONARQUÍA; cuando lo es una asamblea de todos cuantos quieren concurrir a ella, tenemos una DEMOCRACIA o gobierno popular; cuando la asamblea es de una parte solamente, entonces se denomina ARISTOCRACIA. No puede existir otro género de gobierno, porque necesariamente uno, o más o todos deben tener el poder soberano (que como he mostrado ya, es indivisible).

Existen otras denominaciones de gobierno, en las historias y libros de política: tales son, por ejemplo, la *tiranía* y la *oligarquía*. Pero éstos no son nombres de otras formas de gobierno, sino de las mismas formas mal interpretadas. En efecto, quienes están descontentos bajo la *monarquía* la denominan *tiranía*; a quienes les desagrada la *aristocracia* la llaman *oligarquía*; igualmente, quienes se encuentran agraviados bajo una *democracia* la llaman *anarquía*, que significa falta de gobierno. Pero yo me imagino que nadie cree que la falta de gobierno sea una nueva especie de gobierno; ni, por la misma razón, puede creerse que el gobierno es de una clase cuando agrada, y de otra cuando los súbditos están disconformes con él o son oprimidos por los gobernantes.

Es manifiesto que cuando los hombres están en absoluta libertad pueden, si gustan, dar autoridad a uno para representarlos a todos, lo mismo que pueden otorgar, también, esa autoridad a una asamblea de hombres cualesquiera; en consecuencia, pueden someterse, si lo consideran oportuno, a un monarca, de modo tan absoluto como a cualquier otro representante. Por esta razón, una vez que se ha erigido un poder soberano, no puede existir otro representante del mismo pueblo, sino solamente para ciertos fines particulares, delimitados por el soberano. Lo contrario sería instituir dos soberanos, y que cada hombre tuviera su persona representada por dos actores que al oponerse entre sí, necesariamente dividirían un poder que es indivisible, si los hombres quieren vivir en paz; ello situaría la multitud en condición de guerra, contrariamente al fin para el cual se ha instituido toda soberanía. Por esta razón es absurdo que si una asamblea soberana invita al pueblo de sus dominios para que envíe sus representantes, con facultades para dar a conocer sus opiniones o deseos, haya de considerar a tales diputados, más bien que a la asamblea misma, como representantes absolutos del pueblo; e igualmente absurdo resulta con referencia a una monarquía. No me explico cómo una verdad tan evidente sea, en definitiva, tan poco observada: que en una monarquía quien detentaba la soberanía por una descendencia de 600 años, era solamente llamado soberano, poseía el título de majestad de cada uno de sus súbditos, y era incuestionablemente considerado por ellos como su rey, nunca fuera, sin embargo, considerado como representante suyo; esta denominación se utilizaba, sin réplica alguna, como título peculiar de aquellos hombres que, por mandato del soberano, eran enviados por el pueblo para presentar sus peticiones y darle su opinión, si lo permitía. Esto puede servir de advertencia para que quienes son los verdaderos y absolutos representantes de un pueblo, instruyan a los hombres en la naturaleza de ese cargo, y tengan en cuenta cómo admiten otra representación general en una ocasión cualquiera, si piensan responder a la confianza que se ha depositado en ellos.

La diferencia entre estos tres géneros de gobierno no consiste en la diferencia de poder, sino en la diferencia de conveniencia o aptitud para producir la paz y seguridad del pueblo, fin para el cual fueron instituidos. Comparando la monarquía con las otras dos formas podemos observar: primero, que quien representa la persona del pueblo, o es uno de los elementos de la asamblea representativa, sustenta, también, su propia representación natural. Y aun cuando en su persona política procure por el interés común, no obstante procurará más, o no menos cuidadosamente, por el particular beneficio de sí mismo, de sus familiares, parientes y amigos; en la mayor parte de los casos, si el interés público viene a entremezclarse con el privado, prefiere el privado, porque las pasiones de los hombres son, por lo común, más potentes que su razón. De ello se sigue que donde el interés público y el privado aparecen más íntimamente unidos, se halla más avanzado el interés público. Ahora bien, en la monarquía, el interés privado coincide con el público. La riqueza, el poder y el honor de un monarca descansan solamente sobre la riqueza, el poder y la reputación de sus súbditos. En efecto, ningún rey puede ser rico, ni glorioso, ni hallarse asegurado cuando sus súbditos son pobres, o desobedientes, o demasiado débiles por necesidad o disentimiento, para mantener una guerra contra sus enemigos. En cambio, en una democracia o en una aristocracia, la prosperidad pública no se conlleva tanto con la fortuna particular de quien es un ser corrompido o ambicioso, como muchas veces ocurre con una opinión pérfida, un acto traicionero o una guerra civil.

En segundo lugar, que un monarca recibe consejo de aquél, cuando y donde le place, y, por consiguiente, puede escuchar la opinión de hombres versados en la materia sobre la cual se delibera, cualquiera que sea su rango y calidad, y con la antelación y con el sigilo que quiera. Pero cuando una asamblea soberana tiene necesidad de consejo, nadie es admitido a ella sino quien tiene un derecho desde el principio; en la mayor parte de los casos los titulares del mismo son personas más bien versadas en la adquisición de la riqueza que del conocimiento, y han de dar su opinión en largos discursos, que pueden, por lo común, excitar a los hombres a la acción, pero no gobernarlos en ella. Porque el entendimiento no se ilumina, antes bien se deslumbra por la llama de las pasiones. Ni existe lugar y tiempo en que una asamblea pueda recibir consejo en secreto, a causa de su misma multitud.

En tercer lugar, que las resoluciones de un monarca no están sujetas a otra inconstancia que la de naturaleza humana; en cambio, en las asambleas, inconstancia propia de la naturaleza, deriva del número. En efecto, la ausencia de pocos, que hubieran hecho continuar la resolución una vez tomada (lo cual puede ocurrir por seguridad, negligencia o impedimentos privados) o la apariencia negligente de unos pocos de opinión contraria hace que no se realice hoy lo que ayer quedó acordado.

En cuarto lugar, que un monarca no puede estar en desacuerdo consigo mismo por razón de envidia o interés; en cambio puede estarlo una asamblea, y en grado tal que se produzca una guerra civil.

En quinto lugar, que en la monarquía existe el inconveniente de que cualquier súbdito puede ser privado de cuanto posee, por el poder de un solo hombre, para enriquecer a un favorito o adulador; confieso que es, éste, un grave e inevitable inconveniente. Pero lo mismo puede ocurrir muy bien cuando el poder soberano reside en una asamblea, porque su poder es el mismo, y sus miembros están tan sujetos al mal consejo y a ser seducidos por los oradores, como un monarca por quienes lo adulan; y al convertirse unos en aduladores de otros, van sirviendo mutuamente su codicia y su ambición. Y mientras que los favoritos de los monarcas son pocos, y no tienen que aventajar sino a los de su propio linaje, los favoritos de una asamblea son muchos, y sus allegados mucho más numerosos que los de cualquier monarca. Además, no hay favorito de un monarca que no pueda del mismo modo socorrer a sus amigos y dañar a sus enemigos, mientras que los oradores, es decir, lo favoritos de las asambleas soberanas, aunque pi san que tienen gran poder para dañar, tienen para defender. Porque para acusar hace falta elocuencia (esto va en la naturaleza hum para excusar; y la condena más se parece a la justicia que la absolución.

En sexto lugar, es un inconveniente en la monarquía que el poder soberano pueda recaer sobre un infante o alguien que no pueda discernir entre el bien y el mal; ello implica que el uso de su poder debe ponerse en manos de otro hombre o de alguna asamblea de hombres que tienen que gobernar por su derecho y en nombre suyo, como curadores y protectores de su persona y autoridad. Pero decir que es un inconveniente poner el uso del poder soberano en manos de un hombre o de una asamblea de hombres, equivale a decir que todo gobierno es más inconveniente que la confusión y la guerra civil. Por consiguiente, todo el peligro que puede presumirse ha de surgir de la disputa de quienes pueden convertirse en competidores respecto de un cargo de tan gran honor y provecho. Para demostrar que este inconveniente no procede de la forma de gobierno que llamamos monarquía, imaginemos que el monarca precedente ha establecido quién ejercerá la tutela de su infante sucesor, bien sea expresamente por testamento, o tácitamente, para no oponerse a la costumbre que es normal en este caso. Entonces el inconveniente, si ocurre, debe atribuirse no ya a la monarquía, sino a la ambición e injusticia de los súbditos, que es la misma en todas las formas de gobierno en que el pueblo no está bien instruido en sus deberes y en los derechos de la soberanía. O bien el monarca precedente no ha tomado disposiciones para esa tutela, y entonces la ley de naturaleza ha provisto la norma suficiente, de que la tutela debe corresponder a quien por naturaleza tiene más interés en conservar la autoridad del infante, y a quien menos beneficio puede derivar de su muerte o menoscabo. En efecto, si consideramos que cada persona persigue por naturaleza su propio beneficio y exaltación, poner un infante en manos de quienes pueden exaltarse a sí mismos por la anulación o daño del niño, no es tutela sino traición. Así que cuando se ha provisto de modo suficiente contra toda justa querella respecto al gobierno durante una minoría de edad, si se produce alguna disputa que da lugar a la perturbación de la paz pública, no debe atribuirse a la forma de monarquía, sino a la ambición de los súbditos y a la ignorancia de su deber. Por otra parte, no existe un gran Estado cuya soberanía resida en una gran asamblea, que en las consultas relativas a la paz y la guerra, y en la promulgación de las leyes, no se encuentre en la misma condición que si el gobierno estuviera en manos de un niño. En efecto, del mismo modo que un niño carece de juicio para disentir del consejo que se le da, y necesita, en consecuencia, tomar la opinión de aquel o de aquellos a quienes está confiado, así una asamblea carece de la libertad para disentir del consejo de la mayoría, sea bueno o malo. Y del mismo modo que un niño tiene necesidad de un tutor o protector, que defienda su persona y su autoridad, así también (en los grandes Estados) la asamblea soberana, en todos los grandes peligros y perturbaciones, tiene necesidad de *custodes libertatis;* es decir, de dictadores o protectores de su autoridad, que vienen a ser como monarcas temporales a quienes por un tiempo se les confiere el total ejercicio de su poder; y, al término de ese tiempo, suelen ser privados de dicho poder con más frecuencia que los reyes infantes, por sus protectores, regentes u otros tutores cualesquiera.

Aunque las formas de soberanía no sean, como he indicado, más que tres, a saber: monarquía, donde la ejerce una persona; democracia, donde reside en la asamblea general de los súbditos, o aristocracia, en que es detentada por una asamblea nombrada por personas determinadas, o distinguidas de otro modo de los demás, quien haya de considerar los Estados que en particular han existido y existen en el mundo, acaso no pueda reducirlas cómodamente a tres, y propenda a pensar que hay otras formas resultantes de la mezcla de aquéllas. Por ejemplo, monarquías electivas, en las que los reyes tienen entre sus manos el poder soberano durante algún tiempo; o reinos en los que el rey tiene un poder limitado, no obstante lo cual la mayoría de los escritores llaman monarquías a esos gobiernos. Análogamente, si un gobierno popular o aristocrático sojuzga un país enemigo, y lo gobierna con un presidente procurador u otro magistrado, puede parecer, acaso, a primera vista, que sea un gobierno democrático o aristocrático; pero no es así. Porque los reyes electivos no son soberanos, sino ministros del soberano; ni los reyes con poder limitado son soberanos, sino ministros de quienes tienen el soberano poder. Ni las provincias que están sujetas a una democracia o aristocracia de otro Estado, democrática o aristocráticamente gobernado, están regidas monárquicamente.

En primer término, por lo que concierne al monarca electivo, cuyo poder está limitado a la duración de su existencia, como ocurre en diversos lugares de la cristiandad, actualmente, o durante ciertos años o meses, como el poder de los dictadores entre los romanos, si tiene derecho a designar su sucesor, no es ya electivo, sino hereditario. Pero si no tiene poder para elegir a su sucesor, entonces existe otro hombre o asamblea que, a la muerte del soberano, puede elegir uno nuevo, o bien el Estado muere y se disuelve con él, y vuelve a la condición de guerra. Si se sabe quién tiene el poder de otorgar la soberanía después de su muerte, es evidente, también, que la soberanía residía en él, antes: porque ninguno tiene derecho a dar lo que no tiene derecho a poseer, y a conservarlo para sí mismo si lo considera adecuado. Pero si no hay nadie que pueda dar la soberanía, al morir aquel que fue inicialmente elegido, entonces, si tiene poder, está obligado por la ley de naturaleza a la provisión, estableciendo su sucesor, para evitar que quienes han confiado en él para el gobierno recaigan en la miserable condición de la guerra civil. En consecuencia, cuando fue elegido, era un soberano absoluto.

En segundo lugar, este rey cuyo poder es limitado, no es superior a aquel o aquellos que tienen el poder de limitarlo; y quien no es superior, no es supremo, es decir, no es soberano. Por consiguiente, la soberanía residía siempre en aquella asamblea que tenía derecho a limitarlo; y como consecuencia, el gobierno no era monarquía, sino democracia o aristocracia, como en los viejos tiempos de *Esparta* cuando los reyes tenían el privilegio de mandar sus ejércitos, pero la soberanía se encontraba en los *éforos*.

En tercer lugar, mientras que anteriormente el pueblo romano gobernaba el país de *Judea*, por ejemplo, por medio de un presidente, no era *Judea* por ello una democracia, porque no estaba gobernada por una asamblea en la cual algunos de ellos tuvieron derecho a intervenir; ni por una aristocracia, porque no estaban gobernados por una asamblea a la cual algunos pudieran pertenecer por elección; sino que estaban gobernados por una persona, que si bien respecto al pueblo de *Roma* era una asamblea del pueblo o democracia, por lo que hace relación al pueblo de *Judea*, que no tenía en modo alguno derecho a participar en el gobierno, era un monarca. En efecto, aunque allí donde el pueblo está gobernado por una asamblea elegida por el pueblo mismo de su seno, el gobierno se denomina democracia o aristocracia, cuando está gobernado por una asamblea que no es de propia elección, constituye una monarquía, no de *un* hombre, sino de un pueblo sobre otro pueblo.

Como la materia de todas estas formas de gobierno es mortal, ya que no sólo mueren los monarcas individuales, sino también las asambleas enteras, es necesario para la conservación de la paz de los hombres, que del mismo modo que se arbitró un hombre artificial, debe tenerse también en cuenta una artificial eternidad de existencia; sin ello, los hombres que están gobernados por una asamblea recaen, en cualquier época, en la condición de guerra; y quienes están gobernados por un hombre, tan pronto como muere su gobernante. Esta eternidad artificial es lo que los hombres llaman derecho de *sucesión*.

No existe forma perfecta de gobierno cuando la disposición de la sucesión no corresponde al soberano presente. En efecto, si radica en otro hombre particular o en una persona privada, recae en la persona de un súbdito, y puede ser asumida por el soberano, a su gusto; por consiguiente, el derecho reside en sí mismo. Si no radica en una persona particular, sino que se encomienda a una nueva elección, entonces el Estado queda disuelto, y el derecho corresponde a aquel que lo recoge, contrariamente a la intención de quienes instituyeron el Estado para su seguridad perpetua, y no temporal.

En una democracia, la asamblea entera no puede fallar, a menos que falle la multitud que ha de ser gobernada. Por consiguiente, en esta forma de gobierno no tiene lugar, en absoluto, la cuestión referente al derecho de sucesión.

En una aristocracia, cuando muere alguno de la

asamblea, la elección de otro en su lugar corresponde a la asamblea misma, como soberano al cual pertenece la elección de todos los consejeros y funcionarios. Porque lo que hace el representante como actor, lo hace uno de los súbditos como autor. Y aunque la asamblea soberana pueda dar poder a otros para elegir nuevos hombres para la provisión de su Corte, la elección se hace siempre por su autoridad, y es ella misma la que (cuando el bienestar público lo requiera) puede revocarla.

La mayor dificultad respecto al derecho de sucesión radica en la monarquía. La dificultad surge del hecho de que a primera vista no es manifiesto quién ha de designar al sucesor, ni en muchos casos quién es la persona a la que ha designado. En ambas circunstancias se requiere un raciocinio más preciso que el que cada persona tiene por costumbre usar. En cuanto a la cuestión de quién debe designar el sucesor de un monarca que tiene autoridad soberana, es decir, quién debe determinar el derecho hereditario (porque los reyes y príncipes electivos no tienen su poder soberano en propiedad, sino en uso solamente) tenemos que considerar que o bien el que posee la soberanía tiene derecho a disponer de la sucesión, o bien este derecho recae de nuevo en la multitud desintegrada. Porque la muerte de quien tiene el poder soberano deja a la multitud sin soberano, en absoluto; es decir, sin representante alguno sin el cual pueda estar unida, y ser capaz de realizar una mera acción. Son, por tanto, incapaces de elegir un nuevo monarca, teniendo cada hombre igual derecho a someterse a quien considere más capaz de protegerlo; o si puede, a protegerse a sí mismo con su propia espada, lo cual es un retorno a la confusión y a la condición de guerra de todos contra todos, contrariamente al fin para el cual tuvo la monarquía su primera institución. En consecuencia, es manifiesto que por la institución de la monarquía, la designación del sucesor se deja siempre al juicio y voluntad de quien actualmente la detenta.

En cuanto a la cuestión, que a veces puede surgir, respecto a quién ha designado el monarca en posesión para la sucesión y herencia de su poder, ello se determina por sus palabras expresas y testamento, o por cualesquiera signos tácitos suficientes.

Por palabras expresas o testamento, cuando se declara por él durante su vida, *viva voce*, o por escrito, como los primeros emperadores de *Roma* declaraban quiénes habían de ser sus herederos. Porque la palabra heredero no implica simplemente los hijos o parientes más próximos de un hombre, sino cualquier persona que, por el procedimiento que sea, declare que quiere tenerlo en su cargo como sucesor. Por consiguiente, si un monarca declara expresamente que un hombre determinado sea su heredero, ya sea de palabra o por escrito, entonces este hombre, inmediatamente después de la muerte de su predecesor, es investido con el derecho de ser monarca.

Ahora bien, cuando falta el testamento o palabras expresas, deben tenerse en cuenta otros signos naturales de la voluntad. Uno de ellos es la costumbre. Por tanto, donde la costumbre es que el más próximo de los parientes suceda de modo absoluto, entonces el pariente más próximo tiene derecho a la sucesión, porque si la voluntad de quien se hallaba en posesión de la soberanía hubiese sido otra, la hubiera podido declarar sin dificultad mientras vivió. Y análogamente, donde es costumbre que suceda el más próximo de los parientes masculinos, el derecho de sucesión recae en el más próximo de los parientes masculinos, por la misma razón. Así ocurriría también si la costumbre fuera anteponer una hembra: porque cuando un hombre puede rechazar cualquier costumbre con una simple palabra y no lo hace, es una señal evidente de su deseo de que dicha costumbre continúe subsistiendo.

Ahora bien, donde no existe costumbre ni ha precedido el testamento debe comprenderse: primero, que la voluntad del monarca es que el gobierno siga siendo monárquico, ya que ha aprobado este gobierno en sí mismo. Segundo, que un hijo suyo, varón o hembra, sea preferido a los demás; en efecto, se presume que los hombres son más propensos por naturaleza a anteponer sus propios hijos a los hijos de otros hombres; y de los propios, más bien a un varón que a una hembra, porque los varones son, naturalmente, más aptos que las mujeres para los actos de valor y de peligro. Tercero, si falla su propio linaje directo, más bien a un hermano que a un extraño; igualmente se prefiere al más cercano en sangre que al más remoto, porque siempre se presume que el pariente más próximo es, también, el más cercano en el afecto, siendo evidente, si bien se reflexiona, que un hombre recibe siempre más honor de la grandeza de su más próximo pariente.

Pero si bien es legítimo para un monarca disponer de la sucesión en términos verbales de contrato o testamento, los hombres pueden objetar, a veces, un gran inconveniente: que pueda vender o donar su derecho a gobernar, a un extraño; y como los extranjeros (es decir, los hombres que no acostumbran a vivir bajo el mismo gobierno ni a hablar el mismo lenguaje) se subestiman comúnmente unos a otros, ello puede dar lugar a la opresión de sus súbditos, cosa que es, en efecto, un gran inconveniente; inconveniente que no procede necesariamente de la sujeción a un gobierno extranjero, sino de la falta de destreza de los gobernantes que ignoran las verdaderas reglas de la política. Ésta es la causa de que los romanos, cuando habían sojuzgado varias naciones, para hacer su gobierno tolerable, trataban de eliminar ese agravio, en cuanto ello se estimaba necesario, dando a veces a naciones enteras, y a veces a hombres preeminentes de cada nación que conquistaban, no sólo los privilegios, sino también el nombre de romanos, llevando muchos de ellos al Senado y a puestos prominentes incluso en la ciudad de *Roma*. Esto es lo que nuestro sapientísimo rey, el rey *Jacobo,* perseguía, cuando se propuso la unión de los dos reinos de

Inglaterra y *Escocia*. Si hubiera podido obtenerlo, sin duda hubiese evitado las guerras civiles que hacen en la actualidad desgraciados a ambos reinos. No es, pues, hacer al pueblo una injuria, que un monarca disponga de la sucesión, por su voluntad, si bien a veces ha resultado inconveniente por los particulares defectos de los príncipes. Es un buen argumento de la legitimidad de semejante acto el hecho de que cualquier inconveniente que pueda ocurrir si se entrega un reino a un extranjero, puede suceder también cuando tiene lugar un matrimonio con extranjeros, puesto que el derecho de sucesión puede recaer sobre ellos; sin embargo, esto se considera legítimo por todos.

Del dominio paternal y del despótico

Un *Estado por adquisición* es aquel en que el poder soberano se adquiere por la fuerza. Y por la fuerza se adquiere cuando los hombres, singularmente o unidos por la pluralidad de votos, por temor a la muerte o a la servidumbre, autorizan todas las acciones de aquel hombre o asamblea que tiene en su poder sus vidas y su libertad.

Este género de dominio o soberanía difiere de la soberanía por institución solamente en que los hombres que escogen su soberano lo hacen por temor mutuo, y no por temor a aquel a quien instituyen. Pero en este caso, se sujetan a aquel a quien temen. En ambos casos lo hacen por miedo, lo cual ha de ser advertido por quienes consideran nulos aquellos pactos que tienen su origen en el temor a la muerte o la violencia: si esto fuera cierto nadie, en ningún género de Estado, podría ser reducido a la obediencia. Es cierto que una vez instituida o adquirida una soberanía, las promesas que proceden del miedo a la muerte o a la violencia no son pactos ni obligan cuando la cosa prometida es contraria a las leyes. Pero la razón no es que se hizo por miedo, sino que quien prometió no tenía derecho a la cosa prometida. Así, cuando algo se puede cumplir legítimamente y no se cumple no es la invalidez del pacto lo que absuelve, sino la sentencia del soberano. En otras palabras, lo que un hombre promete legalmente, ilegalmente lo incumple. Pero cuando el soberano, que es el actor, lo absuelve, queda absuelto por quien le arrancó la promesa, que es, en definitiva, el autor de tal absolución.

Ahora bien, los derechos y consecuencias de la soberanía son los mismos en los dos casos. Su poder no puede ser transferido, sin su consentimiento, a otra persona; no puede enajenarlo; no puede ser acusado de injuria por ninguno de sus súbditos; no puede ser castigado por ellos; es juez de lo que se considera necesario para la paz, y juez de las doctrinas; es el único legislador y juez supremo de las controversias, y de las oportunidades y ocasiones de guerra y de paz; a él compete elegir magistrados, consejeros, jefes y todos los demás funcionarios y ministros, y determinar recompensas y castigos honores y prelaciones. Las razones de ello son las mismas que han sido alegadas, en el capítulo precedente, para los mismos derechos y consecuencias de la soberanía por institución.

El dominio se adquiere por dos procedimientos: por generación y por conquista. El derecho de dominio por generación es el que los padres tienen sobre sus hijos, y se llama *paternal*. No se deriva de la generación en el sentido de que el padre tenga dominio sobre su hijo por haberlo procreado, sino por consentimiento del hijo, bien sea expreso o declarado por otros argumentos suficientes. Pero por lo que a la generación respecta, Dios ha asignado al hombre una colaboradora y siempre existen dos que son parientes por igual: en consecuencia, el dominio sobre el hijo debe pertenecer igualmente a los dos, y el hijo estar igualmente sujeto a ambos, lo cual es imposible, porque ningún hombre puede obedecer a dos dueños. Y aunque algunos han atribuido el dominio solamente al hombre, por ser el sexo más excelente, se equivocan en ello, porque no siempre la diferencia de fuerza o prudencia entre el hombre y la mujer son tales que el derecho pueda ser determinado sin guerra. En los Estados, esta controversia es decidida por la ley civil: en la mayor parte de los casos, aunque no siempre, la sentencia recae en favor del padre, porque la mayor parte de los Estados ha sido erigida por los padres, no por las madres de familia. Pero la cuestión se refiere, ahora, al estado de mera naturaleza donde se supone que no hay leyes de matrimonio ni leyes para la educación de los hijos, sino la ley de naturaleza, y la natural inclinación de los sexos, entre sí, y respecto a sus hijos. En esta condición de mera naturaleza, o bien los padres disponen entre sí del dominio sobre los hijos, en virtud de contrato, o no disponen de ese dominio en absoluto. Si disponen el derecho tiene lugar de acuerdo con el contrato. En la historia encontramos que las *Amazonas* contrataron con los hombres de los países vecinos, a los cuales recurrieron para tener descendencia, que los descendientes masculinos serían devueltos, mientras que los femeninos permanecerían con ellas; de este modo el dominio sobre las hembras correspondía a la madre.

Cuando no existe contrato, el dominio corresponde a la madre, porque en la condición de mera naturaleza, donde no existen leyes matrimoniales, no puede saberse quién es el padre, a menos que la madre lo declare: por consiguiente, el derecho de dominio sobre el hijo depende de la voluntad de ella, y es suyo, en consecuencia. Consideremos, por otra parte, que el hijo se halla primero en poder de la madre, la cual puede alimentarlo o abandonarlo; si lo alimenta, debe su vida a la madre, y, por consiguiente, está obligado a obedecerla, con preferencia a cualquiera otra persona: por lo tanto, el dominio es de ella. Pero si lo abandona, y otro lo encuentra y lo alimenta, el dominio corresponde a este último. En efecto, el niño debe obedecer a quien le ha protegido, porque siendo la conservación de la vida el fin por el cual un hombre se hace súbdito de otro, cada hombre se supone que promete obediencia al que tiene poder para protegerlo o aniquilarlo.

Si la madre está sujeta al padre, el hijo se halla en poder del padre; y si el padre es súbdito de la madre (como, por ejemplo, cuando una reina soberana contrae matrimonio con uno de sus súbditos) el hijo queda sujeto a la madre, porque también el padre es súbdito de ella.

Si un hombre y una mujer, monarcas de dos distintos reinos, tienen un niño y contratan respecto a quién tendrá el dominio del mismo, el derecho de dominio se establece por el contrato. Si no contratan, el dominio corresponde a quien domina el lugar de su residencia, porque el soberano de cada país tiene dominio sobre cuantos residen en él.

Quien tiene dominio sobre el hijo, lo tiene también sobre los hijos del hijo, y sobre los hijos de éstos, porque quien tiene dominio sobre la persona de un hombre, lo tiene sobre todo cuanto es, sin lo cual el dominio sería un mero título sin eficacia alguna.

El derecho de sucesión al dominio paterno procede del mismo modo que el derecho de sucesión a la monarquía, del cual me he ocupado ya suficientemente en el capítulo anterior.

El dominio adquirido por conquista o victoria en una guerra, es el que algunos escritores llaman DESPÓTICO, de Δεσπότης, que significa *señor* o *dueño*, y es el dominio del dueño sobre su criado. Este dominio es adquirido por el vencedor cuando el vencido, para evitar el peligro inminente de muerte, pacta, bien sea por palabras expresas o por otros signos suficientes de la voluntad, que en cuanto su vida y la libertad de su cuerpo lo permitan, el vencedor tendrá uso de ellas, a su antojo. Y una vez hecho ese pacto, el vencido es un siervo, pero antes no, porque con la palabra SIERVO (ya se derive de *servire,* servir, o de *servare,* proteger, cosa cuya disputa entrego a los gramáticos) no se significa un cautivo que se mantiene en prisión o encierro, hasta que el propietario de quien lo tomó o compró, de alguien que lo tenía, determine lo que ha de hacer con él (ya que tales hombres, comúnmente llamados esclavos, no tienen obligación ninguna, sino que pueden romper sus cadenas o quebrantar la prisión, y matar o llevarse cautivo a su dueño, justamente), sino uno a quien, habiendo sido apresado, se le reconoce todavía la libertad corporal, y que prometiendo no escapar ni hacer violencia a su dueño, merece la confianza de éste.

No es, pues, la victoria la que da el derecho de dominio sobre el vencido, sino su propio pacto. Ni queda obligado porque ha sido conquistado, es decir, batido, apresado o puesto en fuga, sino porque comparece y se somete al vencedor. Ni está obligado el vencedor, por la rendición de sus enemigos (sin promesa de vida), a respetarles por haberse rendido a discreción; esto no obliga al vencedor por más tiempo sino en cuanto su discreción se lo aconseje.

Cuando los hombres, como ahora se dice, piden *cuartel,* lo que los griegos llamaban Ζωγρία, *dejar con vida,* no hacen sino sustraerse a la furia presente del vencedor, mediante la sumisión, y llegar a un convenio respecto de sus vidas, mediante la promesa de rescate o servidumbre. Aquel a quien se ha dado cuartel no se le concede la vida, sino que la resolución sobre ella se difiere hasta una ulterior deliberación, pues no se ha rendido con la condición de que se le respete la vida, sino a discreción. Su vida sólo se halla en seguridad y es obligatoria su servidumbre, cuando el vencedor le ha otorgado su libertad corporal. En efecto, los esclavos que trabajan en las prisiones o arrastrando cadenas, no lo hacen por obligación, sino para evitar la crueldad de sus guardianes.

El señor del siervo es dueño, también, de cuanto éste tiene, y puede reclamarle el uso de ello, es decir, de sus bienes, de su trabajo, de sus siervos y de sus hijos, tantas veces como lo juzgue conveniente. En efecto, debe la vida a su señor, en virtud del pacto de obediencia, esto es, de considerar como propia y autorizar cualquier cosa que el dueño pueda hacer. Y si el señor, al rehusar el siervo, le da muerte o lo encadena, o le castiga de otra suerte por su desobediencia, es el mismo siervo autor de todo ello, y no puede acusar al dueño de injuria.

En suma, los derechos y consecuencias de ambas cosas, el dominio *paternal* y el *despótico,* coinciden exactamente con los del soberano por institución, y por las mismas razones a las cuales nos hemos referido en el capítulo precedente. Si un monarca lo es de diversas naciones, y en una de ellas tiene la soberanía por institución del pueblo reunido, y en la otra por conquista, es decir, por la sumisión de cada individuo para evitar la muerte o la prisión, exigir de una de estas naciones más que de la otra, por título de conquista, por tratarse de una nación conquistada, es un acto de ignorancia de los derechos de soberanía. En ambos casos es el soberano igualmente absoluto, o de lo contrario la soberanía no existe; y de este modo, cada hombre puede protegerse a sí mismo legítimamente, si puede, con su propia espada, lo cual es condición de guerra.

De esto se infiere que una gran familia, cuando no forma parte de algún Estado, es, por sí misma, en cuanto a los derechos de soberanía, una pequeña monarquía, ya conste esta familia de un hombre y sus hijos, o de un hombre y sus criados, o de un hombre, sus hijos y sus criados conjuntamente; familia en la cual el padre o dueño es el soberano. Ahora bien, una familia no es propiamente un Estado, a menos que no alcance ese poder por razón de su número, o por otras circunstancias que le permitan no ser sojuzgada sin el azar de una guerra. Cuando un grupo de personas es manifiestamente demasiado débil para defenderse a sí mismo, cada una usará su propia razón, en tiempo de peligro, para salvar su propia vida, ya sea huyendo o sometiéndose al enemigo, como considere mejor; del mismo modo que una pequeña compañía de soldados, sorprendida por un ejército, puede deponer las armas y pedir cuartel, o escapar, más bien que exponerse a ser exterminada. Considero esto como suficiente, respecto a lo que por especulación y deducción pienso de los derechos soberanos, de la naturaleza, necesidad y designio de los hombres, al establecer los Estados, y al situarse bajo el mando de monarcas o asambleas, dotadas de poder bastante para su protección.

Consideremos ahora lo que la Escritura enseña acerca de este extremo. A *Moisés*, los hijos de Israel le decían: *Háblanos, y te oiremos; pero no hagas que Dios nos hable, porque moriremos [Ex., 20, 19]*. Esto implica absoluta obediencia a Moisés. Respecto al derecho de los reyes, Dios mismo dijo, por boca de *Samuel: Éste será el derecho del rey que deseáis ver reinando sobre vosotros. Él tomará vuestros hijos, y los hará guiar sus carros, y ser sus jinetes, y correr delante de sus carros; y recoger su cosecha; y hacer sus máquinas de guerra e instrumentos de sus carros; y tomará vuestras hijas para hacer perfumes, para ser sus cocineras y panaderas. Tomará vuestros campos, vuestros viñedos y vuestros olivares, y los dará a sus siervos. Tomará las primicias de vuestro grano y de vuestro vino, y las dará a los hombres de su cámara y a sus demás sirvientes. Tomará vuestros servidores varones, y vuestras sirvientes doncellas, y la flor de vuestra juventud, y la empleará en sus negocios. Tomará las primicias de vuestros rebaños, y vosotros seréis sus siervos* [I S., 8, 11, 12, etc.]. Trátase de un poder absoluto, resumido en las últimas palabras: *vosotros seréis sus siervos*. Además, cuando el pueblo oyó qué poder iba a tener el rey, *consintieron en ello, diciendo: Seremos como todas las demás naciones, y nuestro rey juzgará nuestras causas, e irá ante nosotros, para guiarnos en nuestras guerras [Vers., 19, etc.].* Con ello se confirma el derecho que tienen los soberanos, respecto a la *militia* y a la *judicatura* entera; en ello está contenido un poder tan absoluto como un hombre pueda posiblemente transferir a otro.

A su vez, la súplica del rey Salomón a Dios era ésta: *Da a tu siervo inteligencia para juzgar a tu pueblo, y para discernir entre lo bueno y lo malo [I R., 3, 9].* Corresponde, por tanto, al soberano ser *juez*, y prescribir las reglas para *discernir el bien y el mal*: estas reglas son leyes, y, por consiguiente, en él radica el poder legislativo. *Saúl* puso precio a la vida de *David*; sin embargo, cuando este último tuvo posibilidad de dar muerte a *Saúl*, y sus siervos podían haberlo hecho, *David* lo prohibió, diciendo: *Dios prohíbe que realice semejante acto contra mi Señor, el ungido de Dios [I S., 24, 9].* Respecto a la obediencia de los siervos, decía *san Pablo: Los siervos obedecen a sus señores en todas las cosas [Col., 3, 20],* y *Los hijos obedecen a sus padres en todo [Vers., 22].* Es la obediencia simple en quienes están sujetos a dominio paternal o despótico. Por otra parte, *Los escribas y fariseos están sentados en el sitial de Moisés, y por consiguiente, cuanto os ordenen observar, observadlo y hacedlo [Mt., 23, 2, 3].* Esto implica, de nuevo, una simple obediencia. Y san Pablo dice: *Advertid que quienes se hallan sujetos a los príncipes, y a otras personas con autoridad, deben obedecerles [Tit., 3, 2].* También esta obediencia es sencilla. Por último, nuestro mismo Salvador reconocía que los hombres deben pagar las tasas impuestas por los reyes cuando dijo: *Dad al César lo que es del César,* y pagó él mismo ese tributo. Y que la palabra del rey es suficiente para arrebatar cualquier cosa a cualquier súbdito, si lo necesita, y que el rey es el juez de esta necesidad. Porque el mismo Jesús, como rey de los judíos, mandó a sus discípulos que cogieran una borrica y su borriquillo, para que lo llevara a Jerusalén, diciendo: *Id al pueblo que está frente a vosotros, y encontraréis una borriquilla atada y su borriquillo con ella: desatadlos y traédmelos. Y si alguno os pregunta qué os proponéis, decidle que el Señor los necesita, y entonces os dejarán marchar [Mt., 21, 2, 3].* No preguntan si su necesidad es un título suficiente, ni si es juez de esta necesidad, sino que se allanan a la voluntad del Señor.

A estos pasajes puede añadirse también aquel otro del *Génesis: Debéis ser como Dios, que conoce el bien y el mal.* Y el versículo II: *¿Quién te dijo que estabas desnudo? ¿Has comido del árbol, del cual te ordené que no comieras? [Gn., 3, 5].* Porque habiendo sido prohibido el conocimiento o juicio de lo *bueno* y de lo *malo,* por el nombre del fruto del árbol de la ciencia, como una prueba de la obediencia de *Adán,* el demonio, para inflamar la ambición de la mujer a la que este fruto siempre había parecido bello, le dijo que probándolo conocería, como Dios, el *bien* y el *mal*. Una vez que hubieron comido ambos, disfrutaron la aptitud de Dios para el enjuiciamiento de lo bueno y de lo malo, pero no adquirieron una nueva aptitud para discernir rectamente entre ellos. Y aunque se dice que habiendo comido, ellos advirtieron que estaban desnudos, nadie puede interpretar ese pasaje en el sentido de que antes estuvieran ciegos, y no viesen su propia piel: la significación es clara, en el sentido de que sólo entonces juzgaban que su desnudez (en la cual Dios los había creado) era inconveniente; y al avergonzarse, tácitamente censuraban al mismo Dios. Seguidamente Dios dijo: *Has comido*, etc., como queriendo decir: Tú que me debes obediencia ¿vas a atribuirte la capacidad de juzgar mis mandatos? Con ello se significaba claramente (aunque de modo alegórico) que los mandatos de quien tiene derecho a mandar, no deben ser censurados ni discutidos por sus súbditos.

Así parece bien claro a mi entendimiento, lo mismo por la razón que por la Escritura, que el poder soberano, ya radique en un hombre, como en la monarquía, o en una asamblea de hombres, como en los gobiernos populares y aristocráticos, es tan grande, como los hombres son capaces de hacerlo. Y aunque, respecto a tan ilimitado poder, los hombres pueden imaginar muchas desfavorables consecuencias, las consecuencias de la falta de él, que es la guerra perpetua de cada hombre contra su vecino, son mucho peores. La condición del hombre en esta vida nunca estará desprovista de inconvenientes; ahora bien, en ningún gobierno existe ningún otro inconveniente de monta sino el que procede de la desobediencia de los súbditos, y del quebrantamiento de aquellos pactos sobre los cuales descansa la esencia del Estado. Y cuando alguien, pensando que el poder soberano es demasiado grande, trate de hacerlo menor, debe sujetarse él mismo al poder que pueda limitarlo, es decir, a un poder mayor.

La objeción máxima es la de la práctica: cuando los hombres preguntan dónde y cuándo semejante poder ha sido reconocido por los súbditos. Pero uno puede preguntar entonces, a su vez, cuándo y dónde ha existido un reino, libre, durante mucho tiempo, de la sedición y de la guerra civil. En aquellas naciones donde los gobiernos han sido duraderos y no han sido destruidos sino por las guerras exteriores, los súbditos nunca disputan acerca del poder soberano. Pero de cualquier modo que sea, un argumento sacado de la práctica de los hombres, que no discriminan hasta el fondo ni ponderan con exacta razón las causas y la naturaleza de los Estados, y que diariamente sufren las miserias derivadas de esa ignorancia, es inválido. Porque aunque en todos los lugares del mundo los hombres establezcan sobre la arena los cimientos de sus casas, no debe deducirse de ello que esto deba ser así. La destreza en hacer y mantener los Estados descansa en ciertas normas, semejantes a las de la aritmética y la geometría, no (como en el juego de tenis) en la práctica solamente: estas reglas, ni los hombres pobres tienen tiempo ni quienes tienen ocios suficientes han tenido la curiosidad o el método de encontrarlas.

De la libertad de los súbditos

*L**ibertad* significa, propiamente hablando, la ausencia de oposición (por oposición significo impedimentos externos al movimiento); puede aplicarse tanto a las criaturas irracionales e inanimadas como a las racionales. Cualquier cosa que esté ligada o envuelta de tal modo que no pueda moverse sino dentro de un cierto espacio, determinado por la oposición de algún cuerpo externo, decimos que no tiene libertad para ir más lejos. Tal puede afirmarse de todas las criaturas vivas mientras están aprisionadas o constreñidas con muros o cadenas; y del agua, mientras está contenida por medio de diques o canales, pues de otro modo se extendería por un espacio mayor, solemos decir que no está en libertad para moverse del modo como lo haría si no tuviera tales impedimentos. Ahora bien, cuando el impedimento de la moción radica en la constitución de la cosa misma, no solemos decir que carece de libertad, sino de fuerza para moverse, como cuando una piedra está en reposo, o un hombre se halla sujeto al lecho por una enfermedad.

De acuerdo con esta genuina y común significación de la palabra, es *un* HOMBRE LIBRE *quien en aquellas cosas de que es capaz por su fuerza y por su ingenio, no está obstaculizado para hacer lo que desea.* Ahora bien, cuando las palabras *libre* y *libertad* se aplican a otras cosas, distintas de los *cuerpos*, lo son de modo abusivo, pues lo que no se halla sujeto a movimiento no está sujeto a impedimento. Por tanto cuando se dice, por ejemplo: el camino está libre, no se significa libertad del camino, sino de quienes lo recorren sin impedimento. Y cuando decimos que una donación es libre, no se significa libertad de la cosa donada, sino del donante, que al donar no estaba ligado por ninguna ley o pacto. Así, cuando *hablamos libremente,* no aludimos a la libertad de la voz o de la pronunciación, sino a la del hombre, a quien ninguna ley ha obligado a hablar de otro modo que lo hizo. Por último, del uso del término *libre albedrío* no puede inferirse libertad de la voluntad, deseo o inclinación, sino libertad del hombre, la cual consiste en que no encuentra obstáculo para hacer lo que tiene voluntad, deseo o inclinación de llevar a cabo.

Temor y libertad son cosas coherentes; por ejemplo, cuando un hombre arroja sus mercancías al mar por *temor* de que el barco se hunda, lo hace, sin embargo, voluntariamente, y puede abstenerse de hacerlo si quiere. Es, por consiguiente, la acción de alguien que era *libre:* así también, un hombre paga a veces su deuda sólo por *temor* a la cárcel, y sin embargo, como nadie le impedía abstenerse de hacerlo, semejante acción es la de un hombre en *libertad*. Generalmente todos los actos que los hombres realizan en los Estados, por *temor* a la ley, son actos cuyos agentes tenían *libertad* para dejar de hacerlos.

Libertad y *necesidad* son coherentes, como, por ejemplo, ocurre con el agua, que no sólo tiene *libertad*, sino *necesidad* de ir bajando por el canal. Lo mismo sucede en las acciones que voluntariamente realizan los hombres, las cuales, como proceden de su voluntad, proceden de la *libertad*, e incluso como cada acto de la voluntad humana y cada deseo e inclinación proceden de alguna causa, y ésta de otra, en una continua cadena (cuyo primer eslabón se halla en la mano de Dios, la primera de todas causas), proceden de la *necesidad*. Así que a quien pueda advertir la conexión de aquellas causas le resultará manifiesta la *necesidad* de todas las acciones voluntarias del hombre. Por consiguiente, Dios, que ve y dispone todas las cosas, ve también que la *libertad* del hombre, al hacer lo que quiere, va acompañada por la *necesidad* de hacer lo que Dios quiere, ni más ni menos. Porque aunque los hombres hacen muchas cosas que Dios no ordena ni es, por consiguiente, el autor de ellas, sin embargo, no pueden tener pasión ni apetito por ninguna cosa, cuya causa no sea la voluntad de Dios. Y si esto no asegurara la *necesidad* de la voluntad humana y, por consiguiente, de todo lo que de la voluntad humana depende, la *libertad* del hombre sería una contradicción y un impedimento a la omnipotencia y *libertad* de Dios. Consideramos esto suficiente, a nuestro actual propósito, respecto de esa *libertad* natural que es la única que propiamente puede llamarse *libertad*.

Pero del mismo modo que los hombres, para alcanzar la paz y, con ella, la conservación de sí mismos, han creado un hombre artificial que podemos llamar Estado, así tenemos también que han hecho cadenas artificiales, llamadas *leyes civiles,* que ellos mismos, por pactos mutuos han fijado fuertemente, en un extremo, a los labios de aquel hombre o asamblea a quien ellos han dado el poder soberano; y por el otro extremo, a sus propios oídos. Estos vínculos, débiles por su propia naturaleza, pueden, sin embargo, ser mantenidos, por el peligro aunque no por la dificultad de romperlos.

Sólo en relación con estos vínculos he de hablar ahora de la libertad de los súbditos. En efecto, si advertimos que no existe en el mundo Estado alguno en el cual se hayan establecido normas bastantes para la regulación de todas las acciones y palabras de los hombres, por ser cosa imposible, se sigue necesariamente que en todo género de acciones, conforme a leyes preestablecidas, los hombres tienen la libertad de hacer lo que su propia razón les sugiera para mayor provecho de sí mismos. Si tomamos la libertad en su verdadero sentido, como libertad corporal, es decir: como libertad de cadenas y prisión, sería muy absurdo que los hombres clamaran, como lo hacen, por la libertad de que tan evidentemente disfrutan. Si consideramos, además, la libertad como exención de las leyes, no es menos absurdo que los hombres demanden como lo hacen, esta libertad, en virtud de la cual todos los demás hombres pueden ser señores de sus vidas. Y por absurdo que sea, esto es lo que demandan, ignorando que las leyes no tienen poder para protegerles si no existe una espada en las manos de un hombre o de varios para hacer que esas leyes se cumplan. La libertad de un súbdito radica, por tanto, solamente, en aquellas cosas que en la regulación de sus acciones ha predeterminado el soberano: por ejemplo, la libertad de comprar y vender y de hacer, entre sí, contratos de otro género, de escoger su propia residencia, su propio alimento, su propio género de vida, e instruir sus niños como crea conveniente, etcétera.

No obstante, ello no significa que con esta libertad haya quedado abolido y limitado el soberano poder de vida y muerte. En efecto, hemos manifestado ya, que nada puede hacer un representante soberano a un súbdito, con cualquier pretexto, que pueda propiamente ser llamado injusticia o injuria. La causa de ello radica en que cada súbdito es autor de cada uno de los actos del soberano, así que nunca necesita derecho a una cosa, de otro modo que como él mismo es súbdito de Dios y está, por ello, obligado a observar las leyes de naturaleza. Por consiguiente, es posible, y con frecuencia ocurre en los Estados, que un súbdito pueda ser condenado a muerte por mandato del poder soberano, y sin embargo, éste no haga nada malo. Tal ocurrió cuando *Jefte* fue la causa de que su hija fuera sacrificada. En este caso y en otros análogos quien vive así tiene libertad para realizar la acción en virtud de la cual es, sin embargo, conducido, sin injuria, a la muerte. Y lo mismo ocurre también con un príncipe soberano que lleva a la muerte un súbdito inocente. Porque aunque la acción sea contra la ley de naturaleza, por ser contraria a la equidad, como ocurrió con el asesinato de *Uriah* por *David*, ello no constituyó una injuria para *Uriah*, sino para *Dios*. No para *Uriah*, porque el derecho de hacer aquello que le agradaba había sido conferido a *David* por *Uriah* mismo. Sino a *Dios*, porque *David* era súbdito de *Dios*, y toda iniquidad está prohibida por la ley de naturaleza. *David* mismo confirmó de modo evidente esta distinción cuando se arrepintió del hecho diciendo: *Solamente contra ti he pecado*. Del mismo modo, cuando el pueblo de *Atenas* desterró al más potente de su Estado por diez años, pensaba que no cometía injusticia, y todavía más: nunca se preguntó qué crimen había cometido, sino qué daño podría hacer; sin embargo, ordenaron el destierro de aquellos a quienes no conocían; y cada ciudadano al llevar su concha al mercado, después de haber inscrito en ella el nombre de aquel a quien deseaba desterrar, sin acusarlo, unas veces desterró a un *Arístides*, por su reputación de justicia, y otras a un ridículo bufón, como *Hipérbolo*, para burlarse de él. Y nadie puede decir que el pueblo soberano de *Atenas* carecía de derecho a desterrarlos, o que a un *ateniense* le faltaba la libertad para burlarse o para ser justo.

La libertad, de la cual se hace mención tan frecuente y honrosa en las historias y en la filosofía de los antiguos griegos y romanos, y en los escritos y discursos de quienes de ellos han recibido toda su educación en materia de política, no es la libertad de los hombres particulares, sino la libertad del Estado, que coincide con la que cada hombre tendría si no existieran leyes civiles ni Estado, en absoluto. Los efectos de ella son, también, los mismos. Porque así como entre hombres que no reconozcan un señor existe perpetua guerra de cada uno contra su vecino; y no hay herencia que transmitir al hijo, o que esperar del padre; ni propiedad de bienes o tierras; ni seguridad, sino una libertad plena y absoluta en cada hombre en particular, así en los Estados y repúblicas que no dependen una de otra, cada una de estas instituciones (y no cada hombre) tiene una absoluta libertad de hacer lo que estime (es decir, lo que el hombre o asamblea que lo representa estime) más conducente a su beneficio. Sin ello viven en condición de guerra perpetua, y en los preliminares de la batalla, con las fronteras en armas, y los cañones enfilados contra los vecinos circundantes. *Atenienses* y *roma-*

nos eran libres, es decir, Estados libres: no en el sentido de que cada hombre en particular tuviese libertad para oponerse a sus propios representantes, sino en el de que sus representantes tuvieran la libertad de resistir o invadir a otro pueblo. En las torres de la ciudad de *Luca* está inscrita, actualmente, en grandes caracteres, la palabra LIBERTAS; sin embargo, nadie puede inferir de ello que un hombre particular tenga más libertad o inmunidad, por sus servicios al Estado, en esa ciudad que en *Constantinopla*. Tanto si el Estado es monárquico como si es popular, la libertad es siempre la misma.

Pero con frecuencia ocurre que los hombres queden defraudados por la especiosa denominación de libertad; por falta de juicio para distinguir, consideran como herencia privada y derecho innato suyo lo que es derecho público solamente. Y cuando el mismo error resulta confirmado por la autoridad de quienes gozan fama por sus escritos sobre este tema, no es extraño que produzcan sedición y cambios de gobierno. En estos países occidentales del mundo solemos recibir nuestras opiniones, respecto a la institución y derechos de los Estados, de *Aristóteles, Cicerón* y otros hombres, griegos y romanos, que viviendo en régimen de gobiernos populares, no derivaban sus derechos de los principios de naturaleza, sino que los transcribían en sus libros basándose en la práctica de sus propios Estados, que eran populares, del mismo modo que los gramáticos describían las reglas del lenguaje, con base en la práctica contemporánea; o las reglas de poesía, fundándose en los poemas de *Homero* y *Virgilio*. A los atenienses se les enseñaba (para apartarlos del deseo de cambiar su gobierno) que eran hombres libres, y que cuantos vivían en régimen monárquico eran esclavos; y así *Aristóteles* dijo en su *Política (Lib. 6, Cap. 2): En la democracia debe suponerse la* libertad; *porque comúnmente se reconoce que ningún hombre es* libre *en ninguna otra forma de gobierno*. Y como *Aristóteles*, así también *Cicerón* y otros escritores han fundado su doctrina civil sobre las opiniones de los romanos, a quienes el odio a la monarquía se aconsejaba primeramente por quienes, habiendo depuesto a su soberano, compartían entre sí la soberanía de *Roma*, y más tarde por los sucesores de éstos. Y en la lectura de estos autores griegos y latinos, los hombres (como una falsa apariencia de libertad) han adquirido desde su infancia el hábito de fomentar tumultos, y de ejercer un control licencioso de los actos de sus soberanos; y además de controlar a estos controladores, con efusión de mucha sangre; de tal modo que creo poder afirmar con razón que nada ha sido tan estimado en estos países occidentales como lo fue el aprendizaje de la lengua griega y de la latina.

Refiriéndonos ahora a las peculiaridades de la verdadera libertad de un súbdito, cabe señalar cuáles son las cosas que, aun ordenadas por el soberano, puede, no obstante, el súbdito negarse a hacerlas sin injusticia; vamos a considerar a qué derecho renunciamos cuando constituimos un Estado, o, lo que es lo mismo, qué libertad nos negamos a nosotros mismos al hacer propias, sin excepción, todas las acciones del hombre o asamblea a quien constituimos en soberano nuestro. En efecto, en el acto de nuestra *sumisión* van implicadas dos cosas: nuestra *obligación* y nuestra *libertad,* lo cual puede inferirse mediante argumentos de cualquier lugar y tiempo; porque no existe obligación impuesta a un hombre que no derive de un acto de su voluntad propia, ya que todos los hombres, igualmente, son, por naturaleza, libres. Y como tales argumentos pueden derivar o bien de palabras expresas como: *Yo autorizo todas sus acciones,* o de la intención de quien se somete a sí mismo a ese poder (intención que viene a expresarse en la finalidad en virtud de la cual se somete), la obligación y libertad del súbdito ha de derivarse ya de aquellas palabras u otras equivalentes, ya del fin de la institución de la soberanía, a saber: la paz de los súbditos entre sí mismos, y su defensa contra un enemigo común.

Por consiguiente, si advertimos en primer lugar que la soberanía por institución se establece por pacto de todos con todos, y la soberanía por adquisición por pactos del vencido con el vencedor, o del hijo con el padre, es manifiesto que cada súbdito tiene libertad en todas aquellas cosas cuyo derecho no puede ser transferido mediante pacto. Ya he expresado anteriormente que los pactos de no defender el propio cuerpo de un hombre, son nulos.

Por consiguiente, si el soberano ordena a un hombre (aunque justamente condenado) que se mate, hiera o mutile a sí mismo, o que no resista a quienes le ataquen, o que se abstenga del uso de alimentos, del aire, de la medicina o de cualquier otra cosa, sin la cual no puede vivir, ese hombre tiene libertad para desobedecer.

Si un hombre es interrogado por el soberano o su autoridad, respecto a un crimen cometido por él mismo, no viene obligado (sin seguridad de perdón) a confesarlo, porque, como he manifestado también previamente, nadie puede ser obligado a acusarse a sí mismo por razón de un pacto.

Además, el consentimiento de un súbdito al poder soberano está contenido en estas palabras: *Autorizo o tomo a mi cargo todas sus acciones*. En ello no hay, en modo alguno, restricción de su propia y anterior libertad natural, porque al permitirle que *me mate*, no quedo obligado a matarme yo mismo cuando me lo ordene. Una cosa es decir: *Mátame o mata a mi compañero, si quieres,* y otra: *Yo me mataré a mí mismo, o a mi compañero.*

De ello resulta que nadie está obligado por sus palabras a darse muerte o a matar a otro hombre. Por consiguiente, la obligación que un hombre puede, a veces, contraer, en virtud del mandato del soberano, de ejecutar una misión peligrosa o poco honorable, no depende de los términos en que su sumisión fue efectuada, sino de la intención que debe interpretarse por la finalidad de aquélla. Por ello cuando nuestra negativa a obedecer frustra la finalidad para la cual se instituyó la soberanía, no hay libertad para rehusar; en los demás casos, sí.

Por esta razón, un hombre a quien como soldado se le ordena luchar contra el enemigo, aunque su soberano tenga derecho bastante para castigar su negativa con la muerte, puede no obstante, en ciertos casos, rehusar sin injusticia; por ejemplo, cuando procura un soldado sustituto, en su lugar, ya que entonces no deserta del servicio del Estado. También debe hacerse alguna concesión al temor natural, no sólo en las mujeres (de las cuales no puede esperarse la ejecución de un deber peligroso), sino también en los hombres de ánimo femenino. Cuando luchan los ejércitos, en uno de los dos bandos o en ambos se dan casos de abandono; sin embargo, cuando no obedecen a traición, sino a miedo, no se estiman injustos, sino deshonrosos. Por la misma razón, evitar la batalla no es injusticia, sino cobardía. Pero quien se enrola como soldado, o recibe dinero por ello, no puede presentar la excusa de un temor de ese género, y no solamente está obligado a ir a la batalla, sino también a no escapar de ella sin autorización de sus capitanes. Y cuando la defensa del Estado requiere, a la vez, la ayuda de quienes son capaces de manejar las armas, todos están obligados, pues de otro modo la institución del Estado, que ellos no tienen el propósito o el valor de defender, era en vano.

Nadie tiene libertad para resistir a la fuerza del Estado, en defensa de otro hombre culpable o inocente, porque semejante libertad arrebata al soberano los medios de protegernos y es, por consiguiente, destructiva de la verdadera esencia del gobierno. Ahora bien, en el caso de que un gran número de hombres hayan resistido injustamente al poder soberano, o cometido algún crimen capital por el cual cada uno de ellos esperara la muerte, ¿no tendrán la libertad de reunirse y de asistirse y defenderse uno a otro? Ciertamente la tienen, porque no hacen sino defender sus vidas a lo cual el culpable tiene tanto derecho como el inocente. Es evidente que existió injusticia en el primer quebrantamiento de su deber; pero el hecho de que posteriormente hicieran armas, aunque sea para mantener su actitud inicial, no es un nuevo acto injusto. Y si es solamente para defender sus personas no es injusto en modo alguno. Ahora bien, el ofrecimiento de perdón arrebata a aquellos a quienes se ofrece, la excusa de propia defensa, y hace ilegal su perseverancia en asistir o defender a los demás.

En cuanto a las otras libertades, dependen del silencio de la ley. En los casos en que el soberano no ha prescrito una norma, el súbdito tiene libertad de hacer o de omitir, de acuerdo con su propia discreción. Por esta causa, semejante libertad es en algunos sitios mayor, y en otros más pequeña, en algunos tiempos más y en otros menos, según consideren más conveniente quienes tienen la soberanía. Por ejemplo, existió una época en que, en *Inglaterra,* cualquiera podía penetrar en sus tierras propias por la fuerza y desposeer a quien injustamente las ocupara. Posteriormente esa libertad de penetración violenta fue suprimida por un estatuto que el rey promulgó con el Parlamento. Así también, en algunos países del mundo, los hombres tienen la libertad de poseer varias mujeres, mientras que en otros lugares semejante libertad no está permitida.

Si un súbdito tiene una controversia con su soberano acerca de una deuda, o del derecho de poseer tierras o bienes, o acerca de cualquier servicio requerido de sus manos, o respecto a cualquier pena corporal o pecuniaria fundada en una ley precedente, el súbdito tiene la misma libertad para defender su derecho como si su antagonista fuera otro súbdito y puede realizar esa defensa ante los jueces designados por el soberano. En efecto, el soberano demanda en virtud de una ley anterior y no en virtud de su poder, con lo cual declara que no requiere más si no lo que, según dicha ley, aparece como debido. La defensa, por consiguiente, no es contraria a la voluntad del soberano, y por tanto el súbdito tiene la libertad de exigir que su causa sea oída y sentenciada de acuerdo con esa ley. Pero si demanda o toma cualquier cosa bajo el pretexto de su propio poder, no existe, en este caso, acción de ley, porque todo cuanto el soberano hace en virtud de su poder, se hace por la autoridad de cada súbdito, y, por consiguiente, quien realiza una acción contra el soberano, la efectúa, a su vez, contra sí mismo.

Si un monarca o asamblea soberana otorga una

libertad a todos o a alguno de sus súbditos, de tal modo que la persistencia de esa garantía incapacita al soberano para proteger a sus súbditos, la concesión es nula, a menos que directamente renuncie o transfiera la soberanía a otro. Porque con esta concesión, si hubiera sido su voluntad, hubiese podido renunciar o transferir en términos llanos, y no lo hizo, de donde resulta que no era esa su voluntad, sino que la concesión procedía de la ignorancia de la contradicción existente entre esa libertad y el poder soberano. Por tanto, se sigue reteniendo la soberanía, y en consecuencia todos los poderes necesarios para el ejercicio de la misma, tales como el poder de hacer la guerra y la paz, de enjuiciar las causas, de nombrar funcionarios y consejeros, de exigir dinero, y todos los demás poderes mencionados en nuestro segundo capítulo.

La obligación de los súbditos con respecto al soberano se comprende que no ha de durar ni más ni menos que lo que dure el poder mediante el cual tiene capacidad para protegerlos. En efecto, el derecho que los hombres tienen, por naturaleza, a protegerse a sí mismos, cuando ninguno puede protegerlos, no puede ser renunciado por ningún pacto. La soberanía es el alma del Estado, y una vez que se separa del cuerpo, los miembros ya no reciben movimiento de ella. El fin de la obediencia es la protección, y cuando un hombre la ve, sea en su propia espada o en la de otro, por naturaleza sitúa allí su obediencia, y su propósito de conservarla. Y aunque la soberanía, en la intención de quienes la hacen, sea inmortal, no sólo está sujeta, por su propia naturaleza, a una muerte violenta, a causa de una guerra con el extranjero, sino que por la ignorancia y pasiones de los hombres tiene en sí, desde el momento de su institución, muchas semillas de mortalidad natural, por las discordias intestinas.

Si un súbdito cae prisionero en la guerra, o su persona o sus medios de vida quedan en poder del enemigo, al cual confía su vida y su libertad corporal, con la condición de quedar sometido al vencedor, tiene libertad para aceptar la condición, y, habiéndola aceptado, es súbdito de quien se la impuso, porque no tenía ningún otro medio de conservarse a sí mismo. El caso es el mismo si queda retenido, en esos términos, en un país extranjero. Pero si un hombre es retenido en prisión o en cadenas, no posee la libertad de su cuerpo, ni ha de considerarse ligado a la sumisión, por el pacto; por consiguiente, si puede, tiene derecho a escapar por cualquier medio que se le ofrezca.

Si un monarca renuncia a la soberanía, para sí mismo y para sus herederos, sus súbditos vuelven a la libertad absoluta de la naturaleza. En efecto, aunque la naturaleza declare quiénes son sus hijos, y quién es el más próximo de su linaje, depende de su propia voluntad (como hemos manifestado en el precedente capítulo) instituir quién será su heredero. Por tanto, si no quiere tener heredero, no existe soberanía ni sujeción. El caso es el mismo si muere sin sucesión y sin declaración de heredero, porque, entonces, no siendo conocido el heredero, no es obligado a una sujeción.

Si el soberano destierra a su súbdito, durante el destierro no es súbdito suyo. En cambio, quien se envía como mensajero o es autorizado para realizar un viaje, sigue siendo súbdito, pero lo es por contrato entre soberanos, no en virtud del pacto de sujeción. Y es que quien entra en los dominios de otro queda sujeto a todas las leyes de ese territorio, a menos que tenga un privilegio por concesión del soberano, o por licencia especial.

Si un monarca, sojuzgado en una guerra, se hace él mismo súbdito del vencedor, sus súbditos quedan liberados de su anterior obligación, y resultan entonces obligados al vencedor. Ahora bien, si se le hace prisionero o no conserva su libertad corporal, no se comprende que haya renunciado al derecho de soberanía, y, por consiguiente, sus súbditos vienen obligados a mantener su obediencia a los magistrados anteriormente instituidos, y que gobiernan no en nombre propio, sino en el del monarca. En efecto, si subsiste el derecho del soberano, la cuestión es sólo la relativa a la administración, es decir, a los magistrados y funcionarios, ya que si no tiene medios para nombrarlos se supone que aprueba aquellos que él mismo designó anteriormente.

LECTURAS COMPLEMENTARIAS

Thomas Hobbes, *Leviatán o la materia, forma y poder de una república eclesiástica y civil*, FCE, 1996.

ÍNDICE

De las causas, generación y definición de un Estado 5

De los derechos de los soberanos por institución. 13

De las diversas especies de gobierno por institución, y de la sucesión en el poder soberano 27

Del dominio paternal y del despótico. . . . 44

De la libertad de los súbditos 57

Este libro se terminó de imprimir y encuadernar en el mes de marzo de 1999 en Impresora y Encuadernadora Progreso, S. A. de C. V. (IEPSA), Calz. de San Lorenzo, 244; 09830 México, D. F. Se tiraron 5 000 ejemplares.